문학과지성 시인선 98

서울에 사는 평강공주

박라연 시집

문학과지성사에서 펴낸 박라연의 시집

생밤 까주는 사람(1993)
너에게 세들어 사는 동안(1996)
공중 속의 내 정원(2000)
빛의 사서함(2009)

문학과지성 시인선 98

서울에 사는 평강공주

초판 1쇄 발행 1990년 12월 15일
초판 14쇄 발행 2021년 12월 20일

지 은 이 박라연
펴 낸 이 이광호
펴 낸 곳 ㈜문학과지성사
등록번호 제1993-000098호
주 소 04034 서울 마포구 잔다리로7길 18(서교동 377-20)
전 화 02)338-7224
팩 스 02)323-4180(편집) 02)338-7221(영업)
전자우편 moonji@moonji.com
홈페이지 www.moonji.com

ISBN 89-320-1582-1 02810

自 序

지금 나는 텅 비어버렸다
불붙는 방망이에 몽신 두들겨맞은
패전 투수의 허망함처럼.
나는 승자보다는 패자를 기쁨보다는
슬픔을 오랫동안 잘 사귀어왔다.
이 모든 것들을 선택하는 것은 반칙이므로
살아 있기의 행복을 반납할 때 주어지는 것이므로.

비슷한 느낌끼리 모아보았다

1990년 가을
박 라 연

서울에 사는 평강공주

차 례

I

서울에 사는 평강공주

동짓달에도 치자꽃이 피는 신방에서 신혼 일기를 쓴다 없는 것이 많아 더욱 따뜻한 아랫목은 평강공주의 꽃밭 색색의 꽃씨를 모으던 흰 봉투 한 무더기 산동네의 맵찬 바람에 떨며 흩날리지만 봉할 수 없는 내용들이 밤이면 비에 젖어 울지만 이제 나는 산동네의 인정에 곱게 물든 한 그루 대추나무 밤마다 서로의 허물을 해진 사랑을 꿰맨다
……가끔…… 전기가…… 나가도…… 좋았다…… 우리는……

새벽녘 우리 낮은 창문가엔 달빛이 언 채로 걸려 있거나 별 두서넛이 다투어 빛나고 있었다 전등의 촉수를 더 낮추어도 좋았을 우리의 사랑방에서 꽃씨 봉지랑 청색 도포랑 한 땀 한땀 땀흘려 깁고 있지만 우리 사랑 살아서 앞마당 대추나무에 뜨겁게 열리지만 장안의 앉은뱅이저울은 꿈쩍도 않는다 오직 혼수며 가문이며 비단 금침만 뒤우뚱거릴 뿐 공주의 애틋한 사랑은 서울의 산 일번지에 떠도는 옛날 이야기 그대 사랑할 온달이 없으므로 더더욱

지리산 고로쇠나무

1

오얏골에 봄이 오면
사람들의 죄 씻어주기 위하여
일제히 눈뜨고 팔 벌리는
늙은 고로쇠나무
아무런 생각 없이 예수가 되어
물관부의 오른쪽과 왼쪽에
칼을 꽂고 피 흘린다
우리 아픈 점액질은 밤마다
산을 물어뜯고
더 이상 흘릴 피가 없어서
한철 내내 속이 쓰린 나무들
전생애의 옷을 벗는다
벗어버린 고로쇠나무 몇몇 씨앗들이
빛을 향해 뻗쳐오르고
오르던 푸른 팔들이
하늘 끝에 감전됐다 싸늘히
슬픈 눈빛으로 빛나던 수액들은 지금
흐르고 싶다 어머니의 자궁 속 같은
반야봉 낮은 기슭으로

2

시퍼렇게 잘려진 산맥 허리마다
깊어가는 죄만큼 슬픔만큼
발목에 붕대를 감고 서서 기다리는
지리산 고로쇠나무 달궁마을에서
산안개 내려와 투박한
그대 어깨를 주무를 때
눈물 흐른다 흐르는 눈물 밟으며
밤새워 걸어가면 만날 수 있을까
떠나온 산 안 잊히는 얼굴들을

무화과나무의 꽃

나는 피고 싶다.
피어서 누군가의 잎새를 흔들고 싶다.
서산에 해지면
떨며 우는 잔가지 그 아픈 자리에서
푸른 열매를 맺고 싶다 하느님도 모르게

열매 떨어진 꽃대궁에 고인 눈물이
하늘 아래 저 민들레의 뿌리까지
뜨겁게 적신다 적시어서
새순이 툭툭 터져오르고
슬픔만큼 부풀어오르던 실안개가
추운 가로수마다 옷을 입히는 밤
우리는 또 얼마만큼 걸어가야
서로의 흰 뿌리에 닿을 수가 있을까
만나면서 흔들리고
흔들린 만큼 잎이 피는 무화과나무야

내가 기도로써 그대 꽃피울 수 없고
그대 또한 기도로써 나를 꽃피울 수 없나니
꽃이면서 꽃이 되지 못한 죄가

아무렴 너희만의 슬픔이겠느냐
피어도 피어도 하느님께 목이 잘리는
꽃, 오늘 내가 나를 꺾어서
그대에게 보이네 안 보이는
안 보이는 무화과나무의 꽃을

나의 간디

그해 겨울
꽁꽁 얼어 빛나던
스무 살 간디의 영혼이
러스킨의 사르보디아를 읽고 있을 때
한 그루 미류나무에서 자라던 잎새들은
이발사가 되고 변호사가 되고
빛이 되고 어둠이 되어 흔들렸다.

어디에도 있고
어디에도 없는 나의 간디
키 낮은 주막집 어두운 불빛 아래서
부른다 부를 수 없는 노래를
빈손으로 귀가하는 젖은 머리 위
한 떼의 안개로 몰려드는 봄베이의 슬픔
술기 오른 골목길은 문득 갈대밭이 되고
먼저 떠난 친구의 혼백이 서 있다 문패처럼

살아서 그대 기다리는 나는
자다가도 깨어나 전화를 하고
울리지 않는 벨소리 듣는 밤

혼자서 차 한잔을 마시며
새처럼 높은 산꼭대기에 살고 있는
그대 맑은 영혼을 생각한다
책으로만 둘러싸인 조그만 방 깊숙이
노오란 풀씨 한 톨 떨구고 싶던 그날을……

높이 높이 나는 가슴 붉은 지빠귀새
누군가 비워둔 공중에 다시 모여
자기들의 나라를 세운다 깃털을 흔들며
떠돌이 혼백들 몰려와 어깨춤 추고
상처입은 날개마다 붕대를 푸는
그날에 나의 간디는 밝은 서재에 앉아
절친한 친구와 술내기 바둑을 두고
저문 강 어귀에서 산모퉁이에서
만난다 깃동잠자리와 배추흰나비를
갇혀서 더욱 자유로웠던 그날을.

4월의 단풍나무

그대들은 살면서
서로를 비교하지 않는다
낯선 이름 낯선 얼굴 사이에서
지붕도 없이 껴입을 윗옷도 없이
어머니 뿌리들 비에 젖으시고
너와 나 젖은 관절에서 튼튼한 팔 돋아난다
두 팔 속에서 사이 좋게
일련의 생각들이 쑥쑥 자라서
푸른 잎이 되고 푸른 잎은 나이들어
그대들의 이름이 된다
내 이름이 무겁다고 생각될 때
저도 몰래 이웃 나무에게 기대면
기댄 자리에 쓸쓸히 흠집이 생기고
아무런 잎새도 피어나지 않는다
홍여새 날아와 둥지를 틀지만
4월의 단풍나무 그대는
그대의 키 큰 가을을 위하여
작은 잎새마다 촘촘히
붉은 눈물 밤새워 물들일 뿐
아기손 잎새들을 무수히 달고서

꼿꼿하게 서 있을 뿐
슬픔을 슬픔이라 말하지 않는다

난 쟁 이

우리는 언제나 맨 앞줄에 섰다
궂은 비 내리는 곡마단에서 또 다른 일터에서
시든 잎새들을 반짝이게 하면서
낮게 삭아내린다
우리가 이처럼 낮아질 때
비로소 꽃이 피는 이웃의 잎새들
우리를 난쟁이라 부르는
저 키 큰 미류나무
밤마다 오히려 낮아져서는
우리 키를 올려다보며 흔들리고

무릎까지 흘러내린 차디찬 슬픔
문득 흰 그림자로 서 있는
어둡게 잊었던 내 키를 껴안으며
나직이 그리운 이름을 부를 때
막다른 골목에서 말갛게 떠오르는 얼굴
빨랫줄의 새하얀 속옷처럼 반갑다
우리가 또다시 떠돌이별이 되어
어두운 어두운 곳으로 흐르지만
흐르면서 잊어가는 우리 슬픔 부름켜

무창포에서

추운 얼굴들 모여 모여서 젖은 이야기로 잠이 드는 밤 가라앉으며 떠오르며 끝없이 서성이는 세상은 눈 굵은 그물로 다 가릴 수 없는 슬픔인데 출렁일수록 깊어가는 상처 따라서 안 보이는 섬 찾아 조금씩 작아지는 푸른 물방울

소금처럼 빛나는 한줌 슬픔으로 섬을 이룰 수 없는 키 작은 어부들의 영혼이 발목 붉은 도요새 되어 뿔뿔이 허공을 떠돌고 불빛 찾아 손 흔드는 낯선 안강망 어선들 어디에도 지친 닻을 내릴 곳이 없다

눈물이 강물같이 보이던 날 성욕처럼 들끓는 물거품을 바라보며 누구는 죄를 짓고 누구는 용서하고 목쉰 파도 되어 흐느끼지만 죽어서도 산란하는 늙은 어부의 꿈 만난다 앉은뱅이섬, 혹은

을 숙 도

몇몇은 공중에 둥지를 틀었다
가난은 깃털 같은 죄라며
아직도 뭍이 두려운 사람들
대낮에도 발이 빠진다
오랜 설움 안으로 안으로만 삭여온 녹슨 종처럼
눈물꽃 송이송이 목마른 갈대숲 적시고
삐삐꽃 쑥부쟁이 떠난 자리에
죽어도 죽지 않는 풀뿌리들 돋아나
동행을 재촉한다 모두가
잊혀진 어제는 눈발에 젖어
상처만큼 깊어지는 강물이 되어
한세상 눈시린 풍경으로 뜬다
뼈아픈 그림자 허옇게 드리운 채
속죄하며 흔들리는 늪
어둡고 쓸쓸한 지상의 한 끝에서
우리를 잠시 취하게 하는 가을산의 어스름
하염없이 울고 가는 두루미떼 따라가면
밀물과 썰물이 무작정 섞여지듯
우리들 인심도 그렇게 섞일 수 있을까
그대 묻힐 땅 한 뼘 없어도

을숙도의 뿌리 끝에
해마다 새끼를 치는 희망을 치는
강줄기 따라 만나고 헤어진 이웃들
한 떼의 철새가 되어 그 저녁 하늘로 날아들면
우리도 등뼈에 묻어둔 비밀 몇 포기씩 안고
높이 더 높이 날아올라
만삭의 죄를 풀고 가벼이 아침을 따라 내려오리라
외로운 직립의 투박한 을숙도 뿌리 곁으로

풍 란

살면서
가장 목이 마를 때
긴 물관부를 흔들며 꽃눈을 튼다.
터서는 1백일 지지 못해
향기로운 혀 내밀고 서 있다.
밤이면
하얀 뿌리털 잘게 흔드는 한숨 소리
떠날 날을 미리 알고
한 점 벼랑에서도 대를 잇는 뿌리들아
이 땅의 잡초보다 처절하구나
숨진 네 그리움의 뿌리를
풀이끼로 포근히 감싸준 그날
삐죽이 고개 내민 새끼 촉 하나
아하, 서로의 눈빛만으로
새끼를 치는구나 사랑하므로
헤어져 사는 너희들은

산사람 이봉식

살다보니
사십이 넘도록 제왕이 될 수 없었다
그때 나를 부른 지리산
달궁마을 물방앗간에서
한 십 년 살았다 이제
호칭마저 산을 닮은
산사람 봉식李는
이 골짜기 저 물처럼 드맑고 싶어
어제의 발 씻고
또 씻는다 오얏골에서
차라리 잊고 살자던 얼굴들
달궁에서 달이 되어 떠오를 때
꼬여오는 심사를
아— 하고 반야봉에 전하면
봉식아 그래도 살아라
메아리로 대답하는
나의 산 지리산아

II

편 지

갑자기
서로를 모른다고 해야 할 때
예전에 무심히 드린 편지
편지 쓸 때의 내 고운 생각들이
손때 묻은 서랍에서 책갈피에서
샛노란 유채꽃으로 피어나
그대를 흔들어 깨울
튼튼한 아이 하나 낳아주고 떠나온 양
마음 든든하다고 그렇다고
쓸쓸한 퇴근길 육교 위에서
새하얀 눈송이로 펄럭이는
편지

상　처

그때 그 잎새
슬픔이 지나간 자리마다
숭숭 뚫리는 비릿한 구멍들
망각의 못 박아 잊을 일이다

그때 그 잎새에
꽁꽁 묶여 알몸으로 살 것 같은
내 영혼의 팔랑개비여 돌아라
바람 없는 날이라도 부디
가벼웁게 살 수 있도록

행 복

봄이면 시작되는 내 몸의 허망한 가지에서 함부로 돋아난 그 막무가내의 푸른 잎 너는 삶의 뜨겁고 찬 손끝에서 서서히 달구어진 제 몸을 온통 깨물어도 소리치지 않는 무우밭의 무우며 감 사과 배 세상을 좀더 둥글게 살아가기 위해서 흘린 너의 눈물은 싱싱한 즙이 되어 어느 불행 속으로 즐겁게 스밀 때 저절로 닫히는 저 고통의

TV를 보다가

어쩌다 돌린 채널 7에서
장한 어머니의 수기가 낭송되고 있었다
……연탄 한 장이 우리 등을 데우던 날
그날은 참으로 행복……
지붕 위에 눈이 내리듯 잠잠히 익혀지던
한겨울 풀빵처럼 부풀어오르던 사연들
초대석 자리는 어느새 고추밭이 되고
갈퀴 같아진 두 손으로
밭이랑에 이마 위에 씌어진
흘러간 세월을 더듬었다 약속처럼
나도 함께 흐느낄 때
누군가 옆에서 물었다
왜 우느냐고

요즈음 우리는

새로 산 TV
작년에 산 전자렌지
요즈음의 내 생각들이 고장 수리중이다
냉장고에서 밥이 쉬고 나물이 쉬고
생선이 썩고 주인 내장이 썩는다
가렵고 눅눅한 아파트에서
꽃이 시들고 사랑이 시들고
푹푹 꺼져가는 잠자리에서
양심의 낭떠러지에서
먼저 떠난 사람들을 생각한다
썩기 전에 떠난 줄 모르고
밤새워 울었다 우리는
냉장고를 소독하고 썩은
영혼을 소독하면서

식물인간

성당에서 우연히 神의 수음을 훔쳐본 나는 나는 그만 잠의 수렁에 왼발을 빠뜨린다. 넘치는 사랑으로 현대의 의술로 내 몸 구석구석 뒤져보아도 안 보이는 잠의 열쇠. 살아온 날의 죄만큼 내 꿈속을 날카롭게 파고드는 회한의 주사 바늘. 이제 그만 사무치게 일어서고 싶다. 일어서서 등줄기에 돋아난 새하얀 뿌리처럼 음지서도 눈부시게 뻗어내리고 싶다. 헝클어진 식구들의 슬픔이 포악해지기 전 혼자서.

치 통

용서의 비가 내리면
숨겨둔 죄 치통이 되고
더 이상 쓰라릴 까닭이 없다면서
젊은 의사는
내 마지막 양심을 뽑아버린다

귀

나에게는
거짓을 듣는 귀가 있어
그대와 헤어지고
이웃과 헤어지고

기찻길 옆에서도 아니고
뱃고동 소리 구슬픈 항구도 아닌데

나에게는 무시로
거짓을 듣는 귀가 있어
그대에게 이웃에게 둥돌리고
숨죽여 소리쳤네

내 귀를 잘라주시어요
내 귀를 잘라주시어요

누 에

가당찮은, 참
골목길 잡상인의 리어카에 오글오글
한많은 번데기로 뒹굴지만
새하얀 내 영혼의 집은
수만 갈래의 비단실을 뽑아내고
뽑아내고……
아직도 기다리며 사는 이웃들
이웃들의 추운 살갗을 위하여
네 고운 색실은 즐겁게 쓰러진다
이 시대의 비단실을 뽑아내겠다면서
오늘도 꾸물꾸물 모여
새파란 이념의 뽕잎을 먹는 누에들
즐겁게 쓰러질 자유가
지금은 쓰라리다

두 더 지

땅속에도 공중이 있다
벼랑에서 벼랑으로
공중에서 공중으로 이어줄
탄탄한 다리를 원한다 슬픔은
흐르는 일밖에 없었으므로
좀처럼 좁혀지지 않는 세상의 높낮이
너와 나 배고픈 이름 위에
새까맣게 떨어져 쌓이는 절망의 모래알
모래알을 씹는다 밥이 되고
우리들 따뜻한 지붕이 될 때까지

땅속에도 세월은 흐른다
사무친 우리들의 앞발이
삽처럼 진화되었을 때
어둡고 눅눅한 공중의 골목길도 초만원
저마다의 작은 창문과 긴 터널을 준비한 우리는
물방울 끝이라도 매달려 솟아오르고 싶다
어두운 이름을 지우며
지우며 땅 위에서 다시 태어나고 싶다
태어나기 위해서 살아 있는 우리는

연 꽃

너와 나
생활의 광장에서
살아 있는 욕으로
아름다운 꽃이 되는
오늘은 꽃이지만 어제는
널따란 연잎에 목줄을 걸고서
죄조차 사랑했겠지
크고 작은 근심들은
청순한 뿌리 속으로 쏜살같이
빠져나간다 오늘은
모두가 꽃으로 살다 가는

우이동 올빼미

나는 우이동 올빼미
수유리에 밤이 오면 울음을 운다
가진 것은 없어도
밤에만 볼 수 있는 눈 하나로
산등성이를 지나 골짜기에 이르면
이 시대의 아픔이
이 시대의 희망을 만난다
밝고 고운 자태로 흐르는 그대들을
온몸으로 모른 척하면서
온몸으로 사랑하면서
울음을 운다 우 우 우 우
내 울음은 비로소 새콤하고 전능한 방울 소리
방울 소리에 잠깬 호랑이 독수리 새떼들에 의하여
이 세상 힘없는 목숨들에 의하여
어정쩡 제왕이 된 나는
그대들의 강력한 희망의 보고서를 목에 걸고서
낮에는 전혀 안 보이는 슬픔 속을 횡단했다
마호메트도 예수도 아닌 나는 허망히 숨지고
눈먼 제왕을 뒤따르다 숨진
절다리 혼들의 머리 위에서

보고서만 딸랑 딸랑
딸랑 딸랑 딸랑 딸랑 딸랑 딸랑 딸랑

대밭에서

휘어질래
휘어지며 살래
누구는 대쪽같이 살겠다 하지만

향 나 무

아무도 그대를
절개의 나무라 부르지 않지만
끝끝내 한 그루 정원수로 살다가
저승길 떠나는 님을 위해
온몸을 잘게잘게 토막내어
기꺼이 향불이 되는 그대.

우리들의 청계천

서울의 아침은
청계천에서 시작된다
살면서 열심히 일하면서
날개가 부러지면
생각의 가지 끝에 잠시 둥지를 튼다
명절이면
아침 이슬에 날개 씻고
가장 높은 전봇대에 앉아
못 가는 고향에 편지한다

날마다 달라지는 구호와 현수막
붙박이 간판들은 서슴없이
우리들의 공중마저 빼앗고
어느 날 새의 부리에서
끊임없이 흘러내린 폐수
여기서는 치료할 수 없다며
뿌리째 이사한 청계천
어디로 갔을까 우리들의 청계천은

엊그제 코 흘리던

엊그제 코 흘리던 조카
밤새워 알 수 없는 책을 읽고
이젤을 멀리했다
지영아 사람답게 살려면
시간을 헛되이 보내지 말아라
나이먹은 이모라고 몇 마디 했더니
안경 너머 실눈으로
얼음장 깨는 소리를 한다
어떻게 사는 것이 사람답게 사느냐고.

Ⅲ

옥 평 리

토요일은 언제나
옥평리에 갔다 다리를
건너 철길 논길을 지나서
수수밭 언덕길 그곳에 가면
전학 간 순이도 좋았지만
올벼쌀 메뚜기 홍시감이 좋았다
혼자서 가는 길 쓸쓸해지면
눈감고 어디쯤 갈 수 있나 시험하다가
큰 다리 아래 숨어 흐르는 슬픔 속으로
뚝, 떨어져 눕던 아득한 그날
우체부 아저씨의 자전거에 실려왔지만
그때 나는 이미 젖어서
운동화도 머리카락도 흠뻑 젖어서
지금도 툭하면 젖어서 산다
옥평리 그 길을 다시 걸을 때
속눈썹에 감겨오는 내 살아온 날의
오솔길 철길 큰 다리 길
길모퉁이에 남아 있는 쓸쓸한 그림자
제 그림자를 밟고 떠나가는
눈뜨고 가는 길도 안 보이는 우리들
우리들 살아서 사는 길

우리집 옆집에는

우리집 옆집에는
물푸레나무 아래 잠자는 연못이
샛길 옆에는 키 낮은 우물이 졸고 있었다

양조장이 팔린 후
아버지는 술을 멀리하셨지만
좀처럼 펴지지 않는 우리집 살림살이
아무래도 좋았다 나는
꽃잎 속에 숨어서 하루 해가 저물고
하늘을 타고 오르는 연꽃들의 웃음 소리
연못 위에 향기로운 그대 발자국에
벌나비 떼지어 날으면
실눈을 뜨고서 함께 날아다녔다
가끔 우리집 옆집의 진짜 딸이기를 원했지만
쓸쓸할 때는 가만히 흔들리는 우물을
우물 속의 내 작은 얼굴을 내려다보았다
행복을 퍼올리듯 샘물을 퍼올리면
함지박 가득 쏟아져 퍼지던 싱싱한 슬픔들

어린 나이에

속으로 우는 울음을 울었다
우물가에서

소 년 · 1

아무도
미쳤다고 말하지 않는다
그해 5월 어느 날 학교에서 돌아와
후미진 골방으로 숨어버린
숨어서 하느님처럼
함부로 만날 수 없게 된 그를

아무도
끝끝내 막을 수 없다
언제나 기분좋게 우리를
주눅들게 하던 빛나는 이마
한때는 테니스 선수였던 공부벌레였던
꽉 다문 그대 입술 추억하는 것을……

더욱더 배고프기 위하여
햇빛만 먹고 사는 그는
죽을 때까지 스무 살
천국으로 열린 한 뼘 통로를 세내어
혼자서 산다
왼종일 천정을 타고 오르던 생각의 넝쿨은

한 마리 거미가 되어 하루분의 햇살을
눈시리게 따뜻한 내일을 짠다
뽑히지 않는 슬픔 가득한 우산리에서
그는 언제쯤 외출할 수 있을까
이 세상 끝으로.

소 년 · 2

내 고향 봉화산 그 산의 꽃꼬비처럼
혼자서 피어나고 피어서 꿈꾸지만
어느새 십 년 혀 잘린 기다림은
잊은 지 오래 잊은 지 오래

우리들의 친구 석호를 찾아
문득 첫눈으로 흩날리면
오히려 창을 두르는 한 켜의 적막
그대 말없음도 도수 높은 내 절규도
저마다 부대끼며 흔들리는 풀 한 포기

늦 깎 이

햇빛만 따라다녔다
비탈길 오르던 아픈 스무 살
함께 자란 친구들이 지성인의 손수건을 흔들며
흔들며 떠나갈 때
빈 교정에 남아 우리는
누군가 흘린 꿈 조각을 줍는다
희고 넓은 이마로 웃고 있는
잘 자란 약력들이
눈송이처럼 추운 눈동자 속으로 녹아내리는 밤
아직은 늦지 않았다고
창문 너머 그믐달이 손잡아 끌지만
귀 붉히며 돌아서는 노란 은행잎
떨며 흔들린다 오를 수 없는 나무 아래서
잔뿌리며 사랑이며 한세상 헝클어진 넝쿨이며
늦게 늦게 우리는 자라
허물도 그만큼 늦게 벗는다

서울로 가던 날

밤차를 타고 서울로
서울로 가던 그날의 호남선
간이역마다 나부끼던 코스모스의 옷자락
옷자락 속에 숨어 흔들던
흔들며 지워버리던

도림 사평 천안을 지나
수원에 이르면 하나 둘 눈뜨는
파르스름한 네온사인 모두들
저렇게 사는구나 서울의
하루는

휘붐한 서울역 대합실에서
낯선 거리에서 두 눈 부릅뜨고
달겨붙는 내 스무 살의 절망
꼬꾸라진다 나날의 쓰레기 더미 위에서
또다시 잎 피는 청춘

떨며 휘청이며
코스모스의 허리 휘어진다

청파동 대리석 이층집으로
이층집 무거운 철문 앞에서
초인종을 누른다 가정교사의
이름으로 오랫동안

분 꽃

나는 분꽃 밤에만
피는 키 작은 꽃
알을 밴 꽃 한 송이 피우고 싶어
내 무수한 씨앗들은 밤마다
눈물겨운 교배를 한다
향기로운 혀
큰 나무를 흔들고 나무보다
더 큰 그림자를 흔들지만
우리를 기억하는 것은 어둠뿐
어둠 속에 숨어 나부끼면서
상처입은 잎새끼리 흔들리면서
서로의 꽃술로 자란다
못 자란 키만큼 사랑만큼
연분홍 잎을 매다는 꽃초롱 사이로
이따금 손 들어 답례하는 우리는

코스모스의 노래
——자화상

가을이 아니어도
코스모스 너는 꿈꾸어도 좋다
빛나는 비늘 온몸에 달아줄
한이 깊어서 숱이 많은 지느러미
풀어라 강물에 긴 머리카락처럼
뜨거운 살갗에 감겨오는 추운 물살
껴안고 흘러라 물줄기는 달라도
감꽃 오돌께 소문이 분분한 고향 빨래터에서
씻어라 네 슬픈 눈을

분 신 · 1

새벽 두시에
숨어서 낳은
닮은 점이 너무 많아
부러진 날개로
공중에서 다시 만날까 두려워
나는 용케도 죄를 죽여버렸지만
그 아이는 함께 살까 두려워
여자 아이는 더욱 두려워
사내 아이 딱 한 점뿐이다

요즘 아이들은 신동 비슷하던데
못 하는 것이 너무 많은
외아들 학이는
엄마 아빠 싸울 눈치만 보이면
물이 되어 흐른다
돌돌돌 저도 함께 흐르면서

타임머신을 타고
다섯 살로 돌아가
나쁜 버릇을 고치고 싶다 말하는

미래를 찾아가 애인에게
꽃 한 송이 전하고 싶다 말하는

분 신 · 2

시험중에도 밀린 공상을 하고
병아리 기러기
잠자리가 식구 같은
3학년 학이는
시골 학교에서도 딱 부러지게
1등 한 번 못 하면서
우주의 뿌리나 엿보는
벌써 짝사랑을 경험한
아홉 살 학이는
크면 곤충학자가 된다는데

고해성사

기도했다 날마다
겨울 산벼랑에 걸린 목숨
어쩌다 한번 지은 죄
저문 또랑에서 성당 구석에서
너와 나의 기억에서 희게 빨려지기를
의무인 양 거듭되는 죄 끌고 다니는
어떤 한 사람을 본다 무척
닮았다는 생각에 몸서리를 치면서
그러면서 내일은 깨끗해질 거라며
어쩐지 안쓰러운 오,
누구에게 돌 던지랴 나는
또 누구의 하루에 뾰쪽이 서 있는
바늘 끝이 되었으랴
아무래도 잔인한 핏줄이었나보다고
투덜투덜 조상 탓을 하면서
악몽을 염려했다 오늘 밤의
어수선할 일기장의 내용들을

어머니의 낙원

낙원은 좀처럼 오지 않았다
꽃사슴 청포도 어우러진
따뜻한 어머니의 무릎에서 동화처럼
듣고 또 들었던 하느님의 약속
지금은낙원찾기준비기간이다
대학생이 되고 어른이 되고 슬픔이 되어본 우리는
기다림에 너무 지친 우리는
차라리 돌아가고 싶었다 아픔 속으로
어머니 우리 이곳에 낙원을 만들어요
병든 과원도 꽃밭도 우리가 아끼면 모두가
빛나는 生인걸요 어머니

나의 어머니

배꽃처럼 고우신
어머니 우리 어머니
무릎을 깎듯 산 하나 깎으시며
홀로 지켜주신
지아비의 풍류에 산도
들도 인정마저 돌아눕던 날
고첩까지 외가로 데려가시던

못다한 어미 사랑
초항골 골골이 할미꽃으로 피더니
어느새 칠순
자식 사랑은 속사랑이
진짜니라 우리는 텃밭에서
무우꽃으로 자라고

성묘 가는 길

비가 내린다.
복내면 당촌리 이장 구역 묘지에
한평생 급류에 발 묶이신
이제 혼마저 젖어버린 아버지
마지막 성묘상 한잔 술에
껴안으신다 들풀 같은 내 새끼들
이장 명령 통지서에 도장을 찍던 날
쓸쓸히 문패가 젖고
내 살던 산에 들에 하얗게 길이 죽는
아우야 뒤돌아보지 말아라
한번 젖은 세월은

벼랑서도 모여사는 억새풀 남매
여기 이렇게 한자리에 모여서
가을산에 취한 취해서 떨어져 누운
도토리 상수리 하산길 슬픔
말없이 나눠 안고 떠나갈 때
마을도 노을도 어느새 함께 가고
손때 묻은 선산에서

떠돌며 살다 가는 당촌마을 풀꽃들아
슬픔 깊어져 어깨까지 물이 차오른 그날
우리 한번 소리라도 쳐보자
살 섞인 식구가 되어 울울히
키 낮은 토담집 담쟁이 넝쿨같이
땡볕에 죽죽 피가 흘러도
서로의 살갗으로 더듬고
더듬어 넓혀가던 우리들의
땅, 삭아내린다 당촌리에서

나의 선생님 박화석

우리 아버지는 일제에 육이오에
당신의 무능에 오랫동안 실직을 하시고
술은 더욱더 사랑하시고
저 산 저 땅 저 집은
이제 내 것이 아닌 줄을 모르실 때
외가로 읍내로 이사다니시면서도
여전히 배꽃 같으시던 어머니
밤새워 식구들의 남루를 기우시고
오빠는 서울에서
바위 같은 스무 살을 이고 지고 살으시고
언니는 시집을 가고

그 겨울이 끝나갈 무렵
회색 바바리 코트의 선생님이
우리 교실 한복판에 우뚝 서계셨다
긴 복도에서 운동장에서 우연히 마주치면
한 그루 청송으로 다가와
시린 밤의 한기를 녹여주시던
내 가슴속 서러운 분노를 어루만져주시듯
칼라랑 이름표랑 매만져주시던 선생님

이제 잊으라고 말씀하신다
잊어야 할 아무런 이유가 없었으므로
부끄러운 이 제자의
마지막 양심이므로

IV

처용 처가

돌아돌아 사각 지대를
사만구천구백구십아홉 번을 휘돌아
처용 각시 문지방을 넘어온 꽃배암

둘이사 흐르는 눈물로
제아무리 강물을 흔들어도

눈뜬 장님되어 돌아선
처용의 슬픔 속엔 아무도
아무것도 섞일 수 없다

부끄러운 그대 몸 가리울
땅 한 점 없는 서러움에
날개 돋친 꽃배암아

휘워이 휘워이 날아라
날아라 뜨겁게 못박히렴
저승의 잎새에 나뭇가지에
방울방울 달겨드는 빗물방울보다는

메타세쿼이아나무 아래서

메타세쿼이아 그대는
누구의 혼인가
내 몸의 뼈들도 그대처럼
곧게곧게 자라서
뼈대 있는 아이를 낳고 싶다

헤어질 때마다 우리는
서로의 빈 가지를 흔든다
주고 싶은 무엇을 찾아내기 위해서
슬픔을 흔들어 털어버리기 위해서

못다한 사랑은 함부로
아무에게나 툭툭 잎이 되어 푸르고
누구든 썩은 삭정이로 울다가
혼자서 영혼의 솔기를 깁는다

내가 내 눈물로
한 그루 메타세쿼이아가 되었을 때
쓸쓸히 돌아서는 뒷모습
빗물처럼 떨어지는 슬픔을 보았지만

달려가 그대의 잎이 되고 싶지만
나누지 않아도 함께 흐르는 피
따뜻한 피가 되어 흐른다

이 가을에

이 가을엔 차라리
떨어져내려도 좋을 옷을 입고서
가장 낮은 무릎에 가벼이
기대어 누운 잎새
지친 손가락 마디마디 추억의
실반지를 찾아 끼고서
스르르 잠이 들면
천정에 매달려 꿈꾸는
수수며 옥수수며 빨간 꽈리며
한 움큼씩의 희망이 되어
한동안 대롱대롱 매달려 살다가
봄이 오면 다시
떠난 줄 알았던 이웃이 되어
성큼 다가서고저
이 가을엔 차라리
누렇게 빛바래져서는

서울 매미

우면산 가랑이에서
떡갈나무 등걸에서
삐요시 삐요시 삘릴리이
삐요시 삐요시 삘릴리이
숫매미 자지러지면
집 떠난 처녀들
귀 가렵고
아파트에 혼자 누운 그 사람들
속 쓰리다
삐요시 삐요시 삘릴리이
삐요시 삐요시 삘릴리이

소 쩍 새

소쩍 소쩍 소쩍새야
귀머거리 귀동이도 잠깨어 듣는
새벽까지 울어쌌는
니 울음 내 울음
이제 그만 그치자꾸나

소쩍 소쩍 소쩍새야
헤어져야 할 때 헤어지는 나무들
너희 서러운 귀에만 들리는
니 울음 내 울음
이제 그만 그치자꾸나

소쩍 소쩍 소쩍새야
눈물의 물동이 이고 떠나갈 때
마른 어깨 잡아끄는
니 울음 내 울음
이제 그만 그치자꾸나

홍 어 회

지느러미가 없는 나는
두 눈이 휘청,
옆으로 돌아가버릴 때까지
전신을 흔들며
그대 깊은 연못 속으로 쓸리어
쓸리어서 살다가
썩어서야 향기로운 넋처럼
나른하게 썩어갈 때쯤
서로의 쓰라린 살갗을 벗겨내면서
비로소 톡 쏘아 불을 뿜는
세치 혓바닥의
천국이여 아지랑이여

토 화 젓

내 청구릿빛 알몸이
아유타의 눈물에 젖어
도성 밖 어느 부뚜막에서 뜨겁게
사흘 낮밤 그렇게
눈도 귀도 우리들 쓰라린 사랑도
붉게 붉게 문드러져서는
오직 그대의 혀끝에만 스미는
맛,

석 류

포개어져서
봄
여름
보낸 잎새

슬픔 깊어져서는
서로의 겨드랑이에
샛노랗게
새빨갛게

오 열어젖힌
석류의
말 못 할
알알이 알알이

수수밭에서

수수밭에 서면
내 어릴 적 꽃고무신이 보이고
안경알 같은 하늘이 보인다
하늘 속으로 자맥질하는
잊을 수 없는 얼굴들
막막한 눈시울 속으로 내리는
조금씩 삭고 있는
발시린 낮달이 보인다
잠잠이 타오르는 눈동자
오늘도 잠들지 못한 그 바람의 옷자락에
슬프고 긴 머리카락을 묻고
이 세상 끝까지 흔들릴 수 있는 자유는 없을까
가난이든 사랑이든
살을 섞으며 아득히 함께 흐르는
저 먼 노을처럼
바람부는 날이면 이따금
불면의 수수밭으로 나가
한세상 흔들리고 싶다

작은 물방울의 노래 · 1

봄 언덕 달빛 나무 숲 흔드는 초록의 소리
예전엔 누군가 떨군 그리움인 줄 알았다
시방은 바위 같은 꿈
하늘에서 잠시 만나 서로의 눈물 속에
머물다가
해가 뜨면 헤어지는 찬란한 이별
우리 무엇이 되어 흐르면
뼈도 없는 그대 살 속에 스밀 수 있을까.

작은 물방울의 노래 • 2

누군가
잠시 잃어버린 영혼이 되어
만지면 스며버릴 듯 아스라한 물방울이 되어
뜨겁게 기웃거린다
닫혀진 문틈 사이라도 가만히
그대와 닮은 슬픔으로 흐르고 싶지만
언제나 그 이름 그 자리
헤어지기 위해 만나는 것처럼
돌아선 어제의 풍경들
구름처럼 떠돌던 나는
강줄기를 잃어버린 작은 물방울
비가 되어 내린다 그대들의
목마른 눈물 속으로.

작은 물방울의 노래 · 3

작은 물방울로 태어나
예수님의 바다로 흘러가서
흔적 하나 남기고 싶은 이 비릿한 꿈
아무런 약속은 없었지만
날마다 방울방울 모여서
오지 않을 사람 기다린다
청계천에서
쓸쓸한 자취방 낮은 지붕 아래서
잠이 들면 그대로 스며버릴까 두려워
오른쪽 혹은 왼쪽만 잠이 드는
우리 작은 물방울
겨울산 중턱에서
출세한 친구네 처마 밑에서
슬픔으로 엎드려 있거나
고드름으로 매달려 있을 때
일상의 뿌리 끝까지 눈이 내리고
우리는 흘러흘러
가장 낮은 땅에 숨어 사는 예수님을 만난다
문득. 심지도 없이 타오르는
우리들 살아온 날의 무게, 죄의

작은 물방울의 노래 · 4

지도책을 펼치면
쉽사리 찾기 어려운 자그마한 나라에
하늘은 높고 푸르지만
빈부의 차가 너무 심해서
해뜨는 언덕에서 진짜 사람이 사는
이 반도의 나라에
민주주의가 무엇인지
우리에게 꼭 필요한 그 무엇인지
잘 모르는 깊고 푸른 눈의
한 작은 아이가 살았습니다
종달새처럼 맑고 천진하여
해가 뜨면 물푸레나무처럼 흐드러지지만
희고 반듯한 이마를 갖고 싶은 아이
우연히 간디를 알고부터
눈물이 자주 고여오는 아이
민주주의나 노동 운동은 잘 몰라도
신맛처럼 오래 삭힌 영혼으로
시를 쓰고 싶은 아이
그 아이가 어느 날
민중의 슬픔으로 튼 물꼬를 따라

흐르고 있었습니다 전생에
가본 길인 양 익숙한 물살로

〈해　설〉

작은 의식의 큰 사랑
—박라연의 시

김　주　연

아하, 서로의 눈빛만으로
새끼를 치는구나 사랑하므로
헤어져 사는 너희들은

1 아름다운 시가 드물거나, 아예 아름다움이 거부되는 시대에 박라연의 시는 드물게도 아름답다. 죽음이 도처에서 번득이고, 절망의 신음 소리가 깊게 번져가며, 세계에 대한 비극적 인식이 당연시되는 시대에 아름다움을 노래한다는 것은 자칫 허위처럼 생각되기 쉽다. 아마 실제로 그럴 것이다. 실제로 우리는 엄청난 죽음의 시대를 겪었으며, 경험하고 있는 우리의 현실은 절망적이다. 그러나 짐짓 아름다움을 노래해낸다는 것과 시 스스로가 아름답다는 것은 사뭇 다르다. 아름다운 시—이 시대에 과연 무엇이 시를 아름답게 할 수 있을 것인가. 1990년대 벽두 박라연과 더불어 나는 이러한 질문에 대하여 기분 좋은 경험을 맛본다. 이 가벼운 기분이 어쩌면 90년대 우리 시단의 새로운 전망과도 연결될 수 있을 것은 아닐까 하는 희망도 없지 않다. 이 시인의 시의 아름다움은 예컨대 이런 곳에서 시작된다.

가당찮은, 참
골목길 잡상인의 리어카에 오글오글
한많은 번데기로 뒹굴지만
새하얀 내 영혼의 집은
수만 갈래의 비단실을 뽑아내고
뽑아내고……

「누에」라는 시의 앞부분인데, 지극히 평이한 묘사에 뒤이은 시적 진술을 통해 번데기/비단실을 시인은 절묘하게 대비시키고 있다. 여기서 '번데기'는 번데기 장수 리어카에 실려 있는 '한많은' 존재다. 그러나 그 번데기는 시인의 상상력 속에서 금방 누에로 바꾸어지며, 그 누에는 다시 '비단실'을 뽑아낸다. 별 볼일 없는 '가당찮은' 물건에서 시인은 비단실을 찾아낸 것이다. 비단실마저 가당찮은 것으로 바라보는 오늘의 많은 시인들을 생각해볼 때, 이 작은 발견은 한없이 축복스럽다. 그리하여 우리는 간난의 어두운 현실 속에서 좌절하지 않고 일어서는 작은 힘을 만난다. 「누에」는 마침내 이렇게 완성된다.

아직도 기다리며 사는 이웃들
이웃들의 추운 살갗을 위하여
네 고운 색실은 즐겁게 쓰러진다
이 시대의 비단실을 뽑아내겠다면서
오늘도 꾸물꾸물 모여
새파란 이념의 뽕잎을 먹는 누에들
즐겁게 쓰러질 자유가
지금은 쓰라리다

'고운 색실,' 즉 비단실은 그리하여 "이웃들의 추운 살갗"을 위하여 '즐겁게' 자신을 희생한다. 여기서 불우한 사람들이 어떻게 비단실을 쓸 수 있겠느냐고 반문하는 것은 무의미

하다. 이웃들의 추운 살갗을 위해 비단실을 쓰는 사람은 시인 박라연이기 때문이다. 다시 말하면 시인의 상상력이 번데기에서 누에를, 누에에서 비단실을, 그리고 비단실을 이웃들의 추운 살갗에게로 옮겨놓고 있는 것이다. 이 시의 아름다운 공간은 바로 이 같은 상상력이 빚어내고 있는 것이다. 그 상상력을 시인은 스스로 "새파란 이념"이라고 말한다. 그 이념은 이념 아닌 이념, 바로 사랑이다. 누에들은 그 새파란 이념, 바로 사랑을 먹는데, 그것을 위해서는 자신을 바쳐야 한다. 시인은 이 희생과 헌신을 "즐겁게 쓰러질 자유"라고 말하면서 그것이 "지금은 쓰라리다"고 토를 단다. 왜 그럴까. 희생과 헌신을 즐거워하는 누에만도 못한 시인 자신에 대한 부끄러움 때문일까. 혹은 그것마저 알지 못하는 이 시대의 파렴치에 대한 안타까움 때문일까.

이웃 사랑 내지 이웃에 대한 관심은 이렇듯 박라연 시의 귀중한 시적 모티프를 형성하고 있다.

i) 이제 나는 산동네의 인정에 곱게 물든 한 그루 대추나무 밤마다 서로의 허물을 해진 사랑을 꿰맨다 (p. 11)

ii) 오얏골에 봄이 오면
사람들의 죄 씻어주기 위하여
일제히 눈뜨고 팔 벌리는
늙은 고로쇠나무 (p. 12)

iii) 나는 피고 싶다.
피어서 누군가의 잎새를 흔들고 싶다. (p. 14)

iv) 우리가 이처럼 낮아질 때
비로소 꽃이 되는 이웃의 잎새들 (p. 20)

v) 어머니 뿌리들 비에 젖으시고
너와 나 젖은 관절에서 튼튼한 팔 돋아난다 (p. 18)

vi) 아하, 서로의 눈빛만으로
새끼를 치는구나 사랑하므로
헤어져 사는 너희들은 (p. 24)

vii) 나에게는 무시로
거짓을 듣는 귀가 있어
그대에게 이웃에게 등돌리고
숨죽여 소리쳤네 (p. 36)

viii) 너와 나 배고픈 이름 위에
새까맣게 떨어져 쌓이는 절망의 모래알
모래알을 씹는다 밥이 되고
우리들 따뜻한 지붕이 될 때까지 (p. 38)

ix) 너와 나
생활의 광장에서
살아 있는 욕으로
아름다운 꽃이 되는 (p. 39)

x) 달려가 그대의 잎이 되고 싶지만
나누지 않아도 함께 흐르는 피
따뜻한 피가 되어 흐른다 (p. 75)

거의 모든 시에서 이웃에 대한 따뜻한 관심은, 이 시인에게 시쓰기를 일깨워주는 소중한 모티프로 작용한다. 이웃에 대한 관심, 혹은 이웃사랑을 물론 박라연만이 노래하고 있는 것은 아니다. 그것은 오히려 너무 많은 시인들에 의해 노래되고 있으므로 이 시대 시의 주제가 되고 있는 느낌마저 들 정도다. 그러나 그런 시의 대부분이 이웃사랑을 마치 하나의 의무처럼 지향하고 있음에 반하여, 박라연의 그것은 자연스러운 모티프로서 녹아 있다. 말하자면 대부분의 시인들이 결핍된 이웃사랑을 향한 노력을 강조하고 있다면, 이 시인은 그 바탕 위에서 시를 시작하고 있다. 그런 의미에서 이 시인은 축복받은 시인이라고 할 만하다. 그의 이웃사랑은 과연 천부적이다. 앞의 인용 전부에 편재하고 있듯이 이웃사랑은 당위의 세계 속에 존재하지 않고 시인과 더불어 그냥 그대로 거기에 있다. 따라서 주목되는 것은 이제 이웃사랑 그 자체가 아니라 그것이 어떤 시적 전개를 일으키고 있는가, 그리고 마침내 어떤 시적 자아를 만들어내고 있는가 하는 문제가 된다.

인용 i)은 시인의 데뷔작 「서울에 사는 평강공주」인데, 여기서의 사랑은 가난한 신혼부부의 그것이다. 그들은 산동네에서 어렵게 살고 있지만, 원망하거나 싸움하지 않는다. 가끔 전기조차 나가는 동네이지만, 시인은 "……가끔…… 전기가…… 나가도…… 좋았다…… 우리는"이라고 적는다. 요컨대 그들의 사랑은 어떤 객관적 현실에 의해서도 훼손되지 않는 사랑이며, 나아가 그 같은 현실을 무력하게 만드는 사랑이다. 인용 ii)에서는 그러한 사랑이 사상적으로 더욱 심화된다. 지리산에 서 있는 한 그루의 늙은 고로쇠나무를 보면서 시인은 그 나무가 사람들의 죄를 씻어주기 위하여 눈뜨고 팔 벌리고 있는 것이라고 생각한다. 고로쇠나무를 통해 이웃사랑은 승화된다. 이 시의 다른 부분을 계속 읽어본다.

> 아무런 생각 없이 예수가 되어
> 물관부의 오른쪽과 왼쪽에
> 칼을 꽂고 피 흘린다
> 우리 아픈 점액질은 밤마다
> 산을 물어뜯고
> 더 이상 흘릴 피가 없어서
> 한철 내내 속이 쓰린 나무들
> 전생애의 옷을 벗는다

고로쇠나무에 의해 연상된 시인의 상상력은 고로쇠나무를 예수로 만들고, 이윽고 그 나무가 우리들 모두를 위해 대속의 피를 흘리는 것으로 상상한다. 그 상상력 속에서 마침내 고로쇠나무와 우리 인간은 이웃으로 연대된다.

벗어버린 고로쇠나무 몇몇 씨앗들이
빛을 향해 뻗쳐오르고
오르던 푸른 팔들이
하늘 끝에 감전됐다 싸늘히

인간과 연대된 고로쇠나무는 죄많은 인간을 오히려 죄씻어주는, 성화(聖化)된 거룩한 모습으로 바뀌어간다. 자기 희생 끝에 나무는 결국 "빛을 향해 뻗쳐오르고" 하늘에 닿는다. 다른 한편 나무에 함축된 수액은 어디로 가는가.

슬픈 눈빛으로 빛나던 수액들은 지금
흐르고 싶다 어머니의 자궁 속 같은
반야봉 낮은 기슭으로
〔………〕
지리산 고로쇠나무 달궁마을에서
산안개 내려와 투박한
그대 어깨를 주무를 때
눈물 흐른다 흐르는 눈물 밟으며
밤새워 걸어가면 만날 수 있을까
떠나온 산 안 잊히는 얼굴들을

고로쇠나무의 그 숭고한 모습과는 달리, 그 속을 흐르는 수액은 어머니의 자궁 속 같은 반야봉 기슭으로 흐르고 싶어한다. 나무 자체가 빛이 되어 하늘에 이른다면, 수액은 다시금 그 나무를 세속적으로 재생시키는 땅으로 가고 싶어하는 것이다. 우리는 여기서 고로쇠나무가 지니고 있는 남성적 이미지와 여성적 이미지의 절묘한 조화를 통해 이 시의 중요한 시적 자아를 만나게 된다. 그 자아는 마치 인신(人神)인 예수

와도 같은 표상을 띠고 있는 자아이다. 하나님의 아들이면서 사람의 모습으로 이 땅에 온 예수가 신이자 동시에 사람으로 받아들여지듯이, 고로쇠나무도 그 늙은 "전생애의 옷을 벗어" 사람들을 성화시키면서, 자신의 수액은 땅으로 흐르게 함으로써 세속적인 생명의 현재화를 지속시킨다. 한쪽이 거룩한 신의 이미지라면, 한쪽은 세속적인, 그러나 거부할 수 없는 인간의 이미지다. 이것을 달리 표현하면, 역동적인 남성적 이미지와 정태적인 여성적 이미지라고도 할 수 있다. 나무는 이 겹의 이미지를 함께 지니면서 내부적으로 그것들을 통일시키고 있다. 이 통일이 그의 시적 자아다. 이 자아는 그리고 "산안개 내려와 투박한/그대 어깨를 주무르는" 일을 게을리 하지 않는다. "눈물 흐른다"고 시인은 그 장면을 보고하고 있는데, 정말로 눈물겨운, 감동적인 작품이다.

성화와 세속화를 동시에 이루어가는 이 시인의 많은 시들에는 그러므로 그것을 향한 열망이 눈부신 시적 공간들을 만들고 있는 경우가 많다. 인용 iii)은 그런 경우의 하나다.

> 나는 피고 싶다.
> 피어서 누군가의 잎새를 흔들고 싶다.
> 서산에 해지면
> 떨며 우는 잔가지 그 아픈 자리에서
> 푸른 열매를 맺고 싶다 하느님도 모르게

「무화과나무의 꽃」이라는 제목을 갖고 있는 이 작품은, 이렇게 출발한다. 물론 이웃사랑이 모티프가 되고 있는데, 그는 그것의 정당성을 관념적으로 피력하지 않고, 여기서도 훨씬 구체적인 사물을 통해 자기 헌신을 구현하고자 한다. "피어서 누군가의 잎새를 흔들고 싶은" 꽃이 그것이다. 시인의 꽃은 늘 이렇게 혼자 아름답기 위해 피지도 않고, 꽃 자체의 어떤 상징성을 목적으로 해서 피지도 않는다. 그 꽃은 피어서 바로 옆의 잎새를 흔들고자 하며, "떨며 우는 잔가지 그 아픈 자리에" 스스로 들어가고자 한다. "하느님도 모르게"라는 표현은 앞서의 작품에서도 그러했듯이 일종의 반어적 표현이다. 즉 성화, 혹은 자기 헌신과 희생은 그것이 완벽할 때 하나님의 위치에까지 맞서게 되며, 그것은 곧 하나님 입장에서 볼 때 교만이라는 또 다른 죄나 비탄에 부딪치게 된다. 시인은 거기에 이르고 싶어하면서도, 동시에 그것마저 피하고 싶다. 작품 군데군데 나오는 '하느님'은 이런 의미에서 이해되는데, 이 작품에서도 마찬가지다. 자기 희생과 헌신의 열망은 이어서 다음과 같이 발전한다.

열매 떨어진 꽃대궁에 고인 눈물이
하늘 아래 저 민들레의 뿌리까지
뜨겁게 적신다 적시어서
〔………〕
우리는 또 얼마만큼 걸어가야
서로의 흰 뿌리에 닿을 수가 있을까
만나면서 흔들리고
흔들린 만큼 잎이 피는 무화과나무야

그 열망은 상대방을 지나, 저 낮은 곳 "민들레 뿌리까지" 적시고 싶어한다. 그러나 그것이 가능할 것인가. 시인은 가능성 여부보다 만남 그 자체에 의미를 둔다. 만나면서 흔들리지만, 그러나 "흔들린 만큼 잎이 피는 무화과나무" 아닌가. 어차피 완전한 만남, 완전한 꽃은 인간들끼리의 세계에서는 이루어지지 않지만, 그러한 인식의 전제가 있기에 "안 보이는 무화과나무 꽃," 안 피더라도 피고자 하는 꽃으로의 열망은 필요하고, 그 필요성으로 해서 시가 생긴다.

내가 기도로써 그대 꽃피울 수 없고
그대 또한 기도로써 나를 꽃피울 수 없나니
꽃이면서 꽃이 되지 못한 죄가

아무럼 너희만의 슬픔이겠느냐
피어도 피어도 하느님께 목이 잘리는
꽃, 오늘 내가 나를 꺾어서
그대에게 보이네 안 보이는
안 보이는 무화과나무의 꽃을

2 신적 이미지와 인간적 이미지, 혹은 남성적 이미지와 여성적 이미지의 한몸 구현을 이 시인의 시적 자아라고 한다면, 그 자아는 대체로 작고 낮은 모습을 하고 있는 것으로 나타난다. 시적 자아의 내포는 자기 헌신과 인간적 유대라는 크기와 넓이를 갖고 있으나 그 겉모습은 지극히 겸손하다. 마치 예수처럼 혹은 간디처럼(작품 「나의 간디」 참조) 이 작고 낮은 모습 때문에 박라연의 시는 다정하고, 그 내포의 크기와 달리 연민과 공감을 불러일으킨다.

작은 물방울로 태어나
예수님의 바다로 흘러가서
흔적 하나 남기고 싶은 이 비릿한 꿈

시인은 이런 식으로 작은 물방울이 되어 노래부른다. 연작 「작은 물방울의 노래」 1, 2, 3, 4는 다소 긴장이 이완된 감상적 분위기에도 불구하고 이런 측면에서 주목된다. 특히 앞의 인용, 「작은 물방울의 노래 · 3」은 성화와 세속화를 한몸에 구현한 예수가 "작은 물방울"의 소망임을 간결히 고백한다. 그 소망은 시인에게 있어서 결핍된 예수의 존재를 반영하는 것이 아니라, 예수를 향한 그리움 속에서의 작은 흉내를 연습시킨다. "흔적 하나 남기고 싶은 이 비릿한 꿈"이야말로 얼마나 절절하면서도 겸허한 소망이냐. 그 물방울은 또한 시인의 폐쇄된 내면 속에서 환상적으로 조립된 것이 아니라 이웃과의 부대낌 속에서, 우리의 생활 속에서 자연스럽게 배태된 것이다.

청계천에서
쓸쓸한 자취방 낮은 지붕 아래서
잠이 들면 그대로 스며버릴까 두려워
오른쪽 혹은 왼쪽만 잠이 드는
우리 작은 물방울

그렇다, 작은 물방울은, 그 이상이 되고 싶어도 어차피 될 수 없는 우리 자신의 정직한 자화상이기도 하다. 그러나 그러한 현실을 시의 현실 속에서 그에 상응하는 시적 자아로 만들어내는 것은 쉬운 일이 아니다. 인간의 눈물을 갖고 있으면서도, 그 눈물을 남을 위해 흘릴 줄 아는 성스러움의 경지는 자신이 한없이 낮아지는 상황을 통해서만 아마 가능할 것이다.

겨울산 중턱에서
출세한 친구네 처마 밑에서
슬픔으로 엎드려 있거나
고드름으로 매달려 있을 때
일상의 뿌리 끝까지 눈이 내리고
우리는 흘러흘러
가장 낮은 땅에 숨어 사는 예수님을 만난다
문득. 심지도 없이 타오르는
우리들 살아온 날의 무게, 죄의

남을 생각하지 못하고 살기 마련인 우리들 일상이, 그 생활의 체적 전부가 결국은 죄일 수밖에 없다는 인식에 시인의 의식은 마침내 닿는다. 죄에 관한 언급이 매우 많은 시인의 시들은, 어쩌면 그 같은 고백을 통해서 그의 시적 자아를 작고 낮게 만드는 일이 가능했을 것이다. 일반적으로 한국인들에게는 죄의식, 특히 원죄 의식이 빈약한 것으로 보이는데 이러한 원죄 의식 부재는 생활에 있어서의 허세 내지 교만의 행태로 연결되기 일쑤다. 쓸데없이 높은 목소리와 난해한 현학성은 모두 그 같은 허세와 교만의 구체적 표현일 것이다. 그것들은 어떤 경우에 있어서든지 인간을 작게 해주거나, 낮게 해주지 않는다. 온전한 크기의 가치를 내용으로 하는 시적 자아가 작거나 낮지 않다면? 그것은 설득력을 잃고 도덕적 훈계와 계몽적 교육의 지루한 설교로 시를 망쳐버리게 할 것이다. 박라연의 시는 교묘하게 변형된 죄의식의 고백과 동행하여, 그의 시적 자아의 외모를 낮춤으로써 그의 시적 메시지를 훌륭하게 전달한다.

기도했다 날마다
겨울 산벼랑에 걸린 목숨
어쩌다 한번 지은 죄
저문 또랑에서 성당 구석에서
너와 나의 기억에서 희게 빨려지기를

작품 「고해성사」 앞부분이다. 그러나 「무화과나무의 꽃」에서 밝혀져 있듯이 시인의 기도는 기도로서 만족되지 않는다. 이 시에서의 기도가 일종의 선언적 의미라면, 보다 구체적인 그것은, 작게 하기와 더불어 낮추기를 통해서 이루어진다. 「난쟁이」라는 작품이 이와 관련해서 재미있게 읽힌다.

우리는 언제나 맨 앞줄에 섰다
궂은 비 내리는 곡마단에서 또 다른 일터에서
시든 잎새들을 반짝이게 하면서
낮게 삭아내린다
우리가 이처럼 낮아질 때
비로소 꽃이 피는 이웃의 잎새들
우리를 난쟁이라 부르는
저 키 큰 미류나무
밤마다 오히려 낮아져서는
우리 키를 올려다보며 흔들리고

난쟁이가 된 시적 자아. 그 속에서 우리는 한없이 낮아진 시인의 모습을 본다. 그렇다, 낮아지지 않고서는 올바른 말을 할 수 없다. 아니, 올바른 말이 올바르게 전달될 수 없으며, 우리의 가슴을 움직일 수 없다. 오늘 우리 문학은 올바른 많은 말들을 가지고 있다. 그 많은 말들 어느 구석을 뜯어보아도 틀리다고 할 부분은 별로 발견되지 않는다. 우리 문학의 문제는 차라리 이러한 말들의 단단한 충돌들에 있는 것이 아닌가 생각된다. 올바른 말과 올바르지 않은 말들은 충돌하지 않는다. 그러나 올바른 말들은 서로 부딪친다. 올바르기 때문에 어느 쪽도 양보되지 않기 때문이다. 그 가운데에 큰 소리가 발생하며, 큰 소리는 더욱 큰 소리로 큰 의식을 자랑한다. 그러나 어쩌랴, 그 큰 의식에는 그 의식의 속을 채워줄 아무런 의식의 몸이 없는 것을, 그러므로 중요한 것은 올바른 말이 아니라, 그것을 몸으로 구현하고 있는 작품이다. 몸으로 구현하고 있는 작품—말은 쉽지만, 쉽게 그것은 성취되지 않는다. 그 성취에는 작가 자신이 스스로를 낮추는, 다른 사람들을 향한 무한 사랑이 반드시 동반되어야 하기 때문이다. 그 사랑이 있는가, 우리의 문학에? 문학, 특히 시에 있어서, 시는 시인만의 자의식(그렇다, 때로는 폐쇄적이기까지도 한)을 표현하는 것만으로 자족할 수 있다는 생각은 이런 의미에서 이제 지양되어야 할 것이다.

시인 박라연의 의식은 이런 측면에서 볼 때, 크다기보다는 차라리 작다. 그 작은 의식이 아름답고 소중하다. 작은 것이 아름답다는 말은 이 경우에도 진실이다. 작은 의식은 자기를 작게 하기 때문에 어느 때 어느 곳으로도 자유로이 넘나들기 쉽고, 이웃사랑의 모티프를 보다 쉽게 실현시킨다. 「나의 간디」 「산사람 이봉식」과 같은 작품은 그 살아 있는 열매들이다.

그해 겨울

꽁꽁 얼어 빛나던
스무 살 간디의 영혼이
러스킨의 사르보디아를 읽고 있을 때
한 그루 미류나무에서 자라던 잎새들은
이발사가 되고 변호사가 되고
빛이 되고 어둠이 되어 흔들렸다.

어디에도 있고
어디에도 없는 나의 간디
키 낮은 주막집 어두운 불빛 아래서
부른다 부를 수 없는 노래를
〔………〕

작은 의식이 오히려 보다 큰 사랑의 힘을 지닐 수 있는 것은 이 같은 보편성의 획득이 가능하기 때문이다. 그 보편성은 모든 사물, 모든 인간에 시인의 사랑의 눈길이 닿을 때 소리 없이, 자율적으로 생겨난다. "어디에도 있고/어디에도 없는 나의 간디"는 그러므로 세상을 떠돌며 편재하는 사랑의 보편성이다. ■